Deirdre agus an Fear Bréige

ÚNA LEAVY

Sos 1

Damhsa

Sos 2

Cáitín sa Chistin

STEPHANIE DAGG

Sos 3

Daitín Dineasár

ÁINE NÍ GHLINN

Sos 4

Sailí na Spotaí

Sos 5

Fiacla Mhamó

Bróga Thomáis

ÚNA LEAVY

Sos 6

Sos 7

Dána

ÁINE NÍ GHLINN

Sos 8

Drochlá Gruaige

CATHERINE DOOLAN

Sos 9

An tUan Beag Dubh

ELIZABETH SHAW

Lámhainní Glasa

Áine Ní Ghlinn

• Léaráidí le Martin Fagan •

Cló Uí Bhriain
Baile Átha Cliath

An chéad chló 2004 ag
The O'Brien Press Ltd/Cló Uí Bhriain Teo.,
20 Victoria Road, Dublin 6, Ireland.
Fón: +353 1 4923333; Facs: +353 1 4922777
Ríomhphost: books@obrien.ie
Suíomh gréasáin: www.obrien.ie

ISBN: 0-86278-901-X

British Library Cataloguing-in-Publication Data.
Tá tagairt don teideal seo ar fáil ó Leabharlann na Breataine Móire

1 2 3 4 5 6 7 8 9 10
04 05 06 07 08 09 10 11 12

Faigheann Cló Uí Bhriain cabhair
ón gComhairle Ealaíon

Fuair Cló Uí Bhriain cabhair
ó Bhord na Leabhar Gaeilge

Dearadh leabhair: Cló Uí Bhriain Teo.
Clódóireacht: Cox & Wyman

Do mo pháistí

Seán, Niall agus Conall

'Bronntanas! **Domsa**?'

Bhí sceitimíní áthais ar Dheirdre
nuair a thug fear an phoist
an beart di.

Céard a bheadh ann?

Leabhar nua?

Bráisléad?

Muince b'fhéidir?

Nó rud éigin nua dá cuid gruaige?

'Oscail é!' arsa Daidí.

'Oscail,' arsa Fionnán.

Stróic Deirdre an páipéar
den bheart.

Bhí bosca aisteach istigh ann.

D'oscail Deirdre an bosca
go cúramach.

Thóg sí amach ...

Thóg sí amach péire lámhainní.
Seanlámhainní glasa.
Bhí siad an-ghioblach.

D'fhéach gach duine ar a chéile.

Sa deireadh bhris Mamaí an tost.

'An bhfuil aon chárta leo?'

D'fhéach Deirdre sa bhosca arís.

Bhí blúire páipéir sa chúinne.

HOTEL CAIRO

Bronntanas ón Éigipt.

le grá,
Uncail Tadhg

'Uncail Tadhg?' arsa Deirdre.

'Cé hé siúd?'

Thosaigh Daidí ag gáire.

'Deartháir liomsa.

Bíonn sé i gcónaí ag taisteal.

An cuimhin libh
na clocha sin a
fuair mise uaidh
roimh Nollaig?'

'Clocha!' arsa Mamaí
go searbhasach.
'Is maith is cuimhin liom
na clocha céanna.
Agus na **feithidí gránna**
a tháinig amach astu
nuair a scoilt siad.'

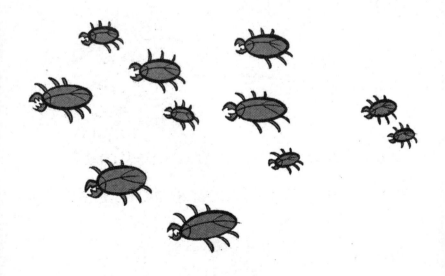

'Ní rabhamar in ann an seomra
suite a úsáid ar feadh seachtaine!'

D'fhéach Deirdre go cúramach
ar na lámhainní.

'Ar a laghad níl aon rud **beo**
iontu seo!'

'Tá súil agam é,' arsa Mamaí.
'Pé scéal é, cuir ar ais sa bhosca iad
agus faigh do mhála scoile.
Tabharfaidh mise ar scoil thú.'

Agus iad imithe amach an doras,

d'oscail Fionnán an bosca arís.

Thóg sé amach

na lámhainní glasa.

'Lámhainní deasa,' ar seisean.

Amach leis sa ghairdín.

Bhí Daidí ann roimhe.

'Caithfimid do rothar a dheisiú
anois,' arsa Daidí.

'Cuidiú le Daidí,' arsa Fionnán.

Phioc sé suas casúr.

'Seo,' arsa Daidí.

Thug sé sluasaid bheag d'Fhionnán.

'Ar mhaith leat spraoi
leis an ngaineamh?'

Thosaigh Fionnán ag tochailt
sa ghaineamh.
Fuair sé buicéad beag
agus rinne sé caisleán.

Leag sé é.

Rinne sé caisleán eile.

Leag sé arís é.

'Fionnán críochnaithe,' ar seisean.

Bhí Daidí fós ag obair ar an rothar.

'Fionnán críochnaithe.'

'Fan nóiméad,' arsa Daidí.

'Níl mise críochnaithe fós.'

Phioc Fionnán suas piosa miotail.

Thosaigh sé ag tochailt
leis an tsluasaid.

Rinne sé poll.

Chuir sé an píosa miotail
isteach sa pholl.

Fuair sé píosa miotail eile ansin.

Rinne sé poll eile.

Agus poll eile.

Agus poll eile fós.

'A Fhionnáin,' arsa Daidí ar ball,

'An bhfaca tú ...'

Rinne Fionnán

meangadh gáire mór.

'Cuidiú le Daidí,' ar seisean.

An mhaidin dár gcionn
d'fhéach Mamaí amach
an fhuinneog.

'A thiarcais,' ar sise.

'Féachaigí ar na

rudaí aisteacha seo.'

D'fhéach gach duine
amach an fhuinneog.

Bhí ceithre chrann le feiceáil,
géaga áille ar gach ceann acu ...

Agus duilleoga aisteacha
ar gach géag.

Bhí cuid acu cosúil le scriúnna,

cuid acu cosúil le boltaí

agus cuid acu
cosúil le rothaí beaga.

'Cén cleas é seo?' arsa Daidí.

Tharraing Fionnán na lámhainní
glasa as a phóca
agus d'fhéach sé orthu.

'Lámhainní deasa,'
ar seisean leis féin.
'Rinne Fionnán poll.'

Suas an staighre leis
go ciúin smaointeach.

Nuair a tháinig sé anuas arís
bhí a dhá phóca lán de
mhirlíní ildaite.

Amach leis sa ghairdín.

Chuir sé a lámh isteach ina phóca.

Thóg sé amach
mirlín álainn ildaite.

Chuir sé air na lámhainní glasa.

'Poll,' ar seisean. 'Poll mór.'

Agus thosaigh sé ag tochailt ...

An lá dár gcionn

tháinig na comharsana go léir

isteach chun an gairdín a fheiceáil.

'Nach ait an sceach í sin,'
arsa an tUasal Ó Riain.

'Cén chaoi ar tharla sé?'
arsa an tUasal Ó Súilleabháin.

'B'fhéidir gurbh iad na **síoga**
a rinne é,' arsa Bean Uí Dhireáin.

Bhí Fionnán ag siúl suas síos
go bródúil.

'Rinne Fionnán poll,'ar seisean.
'**Poll mór**.'

Ach ní raibh aon duine
ag éisteacht leis.

An tráthnóna sin
tháinig na hiriseoirí.
Tháinig grianghrafadóirí freisin
agus lucht teilifíse.

Bhí Mamaí agus Daidí
ar an nuacht an oíche sin.

'Sílim féin go bhfuil rud éigin
sa chré,' a dúirt Daidí
leis an tuairisceoir.

'Teilifís. Fionnán.'

'Tá brón orm,' arsa Mamaí,

'ach tá tusa ró-óg.'

Bhí pictiúr sa nuachtán
ar maidin.

Bhí pus ar Dheirdre, áfach.

'Cén fáth nár chuir aon duine
agallamh **ormsa**?'
'Tá tú ró-óg freisin, a stór,'
arsa Mamaí.

Leis sin, chonaic Mamaí go raibh
bosca beag ina lámh ag Fionnán.
'Céard é sin?' ar sise.
'Peata. **Peata deas**,'
arsa Fionnán.

'Cén peata deas?'

'Damhán alla.

Peata deas ag Fionnán.'

'**Damhán alla**?' arsa Mamaí.

'Cuir sa ghairdín é.
Anois díreach!'

'Poll,' arsa Fionnán.

'Poll mór.'

Thóg sé na lámhainní
amach as a phóca.

Amach leis sa ghairdín.

B'é Daidí an chéad duine a d'fhéach amach an fhuinneog ar maidin.

'Ó a thiarcais!' ar seisean.
'**Féachaigí ar seo!**'

Bhí crann mór ard díreach
taobh amuigh den fhuinneog.

Ní raibh duilleog ar bith ag fás air ach bhí **damháin alla** ag luascadh ó gach craobh.

Bhí gach damhán alla
ag tógáil gréasáin.

Taobh istigh de chúpla nóiméad
bhí gréasáin ar na fuinneoga
go léir.

'Céard a dhéanfaimid?'

arsa Deirdre.

'Níl mise ag dul ar amach.
Is **fuath liom** damháin alla.'

'Níl mise ag dul ag obair,'
arsa Daidí.

'Is fuath liomsa damháin alla
freisin.'

Bhí Mamaí ar buile.

'Tá sé seo ag dul thar fóir.

Caithfimid glaoch ar na gardaí.'

Bhí Fionnán buartha.
Thóg sé na lámhainní
amach as a phóca.

D'fhéach sé orthu.

Amach leis sa ghairdín ...

Bhí Mamaí fós an-chrosta.

'Cén chleasaíocht í seo
in aon chor?' ar sise.

'Sílim go bhfuil duine éigin
ag iarraidh cleas gránna
a imirt orainn.'

'Ní dóigh liom é,' arsa Deirdre
go smaointeach.
'An cuimhin libh na lámhainní
glasa sin a tháinig ó Uncail Tadhg?
Tá tuairim agam gur
lámhainní draíochta iad.'

D'fhéach Mamaí uirthi.

'Lámhainní draíochta?

Cá bhfuil siad?'

'Ag Fionnán,' arsa Deirdre.

'A Fhionnáin!'

Shiúil Fionnán isteach an doras.

Labhair Daidí go ciúin leis.

'A Fhionnáin. Cá bhfuil

na lámhainní glasa sin?'

'Lámhainní dána,' arsa Fionnán.

'Lámhainní dána **imithe**.'

'Imithe?' arsa Daidí. 'Cá háit?'

Rinne Fionnán

meangadh mór gáire.

'Rinne Fionnán poll.'